AF362384

Trois Éoliennes.

PARIS, IMPRIMERIE DE GAULTIER-LAGUIONIE, HÔTEL DES FERMES.

Trois ÉOLIENNES,

Par une Société de Gens de Lettres.

No las damas, amor, no gentileças
De cabelleros canto enamorados,
Ni las muestras, regalos, ni terneças
De amorosos afectos y cuidados.
ARAUCANA.

L'art innocent et doux que célèbrent mes vers
Remonte aux premiers jours de l'antique univers.
DELILLE, *les Jardins.*

Non omnes eadem mirantur amantque.
HORAT., Ep. I, liv. II.

PARIS.

1825.

Epitre.

. . . . Qu'en sort-il souvent ?
Du vent.
La Fontaine, l. V, fab. x.

D'un beau papier il porte un diadême,
Et sur son front il est écrit *système* :
Environné de grands ballots de vent,
Sa noble main les *offre* à tout venant.
Voltaire, *la Pucelle*, ch. iii.

C'est à vous, puissant Éole, que je dédie cette œuvre légère ; il ne faut pas moins que votre souffle divin pour la soutenir et prolonger sa carrière. N'allez pas la traiter comme cette œuvre royale que vous aviez promis de défendre, et dont vous tourmentez si cruellement les dernières pages après en avoir lacéré des feuillets entiers.

Consacrées à chanter les louanges de quelques sujets obscurs de votre empire, ces ÉOLIENNES pourraient exciter la jalousie des derniers de tous ; sauvez-les de ces vents balayeurs aux cent yeux qui soufflent partout et partout promènent les immondices qu'ils soulèvent. Protégez-les contre ce vent Moral qui, s'élançant des hauteurs de son olympe de carton, dessèche et fait tomber les feuilles ; non pas les feuilles de ces roseaux flexibles, sur lesquels vous vous plaisez à verser une pluie féconde ; mais celles de ces chênes altiers qui refusent de courber leur tête devant le souffle de votre colère.

Ce n'est pas que j'ignore que de graves pensées s'agitent en cet instant dans votre cerveau rival de celui de Jupiter. Je sais aussi que vous, qui faites le calme et la tempête, vous ne le faites pas toujours comme il vous plaît. Témoin ce jour où, après avoir hésité si long-temps, vous fûtes forcé de souffler au midi, pour ne pas être obligé de souffler au nord ; témoin encore l'embarras où vous êtes aujourd'hui pour vous maintenir en bonne intelligence avec les vents du septentrion, sans irriter les vents de mer : témoins surtout ces ballons de papier doré, si légers, si jolis, vos enfants de prédilection, fruits laborieux d'un double enfantement : vous vouliez les faire monter au-delà du cinquième ciel, et voilà

que, malgré vos efforts paternels pour les sou te-
nir dans leur vol aventureux, ils tombent, in-
fortunés! ils tomberont peut-être plus bas que
le troisième.

Mais qu'importe? n'est-ce donc rien que de
pouvoir souffler à volonté ou le froid ou le chaud,
que d'être imité en cela lorsqu'il vous plaît par ce
peuple docile dont la foule vous suit, et qui sait
que vous commandez au vent de la fortune? Qu'importe que quelques vents brouillons, les uns
au couchant, les autres à l'aurore, osent braver
votre courroux ou menacer votre puissance? Un
coup d'œil méprisant à votre gauche, un regard
parfois inquiet, toujours soumis à votre droite,
c'en est assez, et du centre de vos états s'élan-
cent tous ces vents disciplinés, ayant pour devise:
Sit pro ratione voluntas.

Tantôt c'est le vent D...., aux accents de tempête, au front d'airain, tantôt le vent M........, au
souffle harmonieux et caressant: mais c'est lorsque tous vos sujets déchaînés, enflant leurs joues
rubicondes, font entendre leurs voix à l'envi re-
tentissantes, que votre gloire brille de tous ses
rayons, et que vous pouvez dire à cette énergique
phalange: *Tu das epulis accumbere divûm.*

Pourrais-je oublier ce jour où les vents d'Ibérie
eurent l'audace de briser leurs chaînes, et mena-
cèrent de miasmes libertifères vos peuplades au-

tocratiques. Il m'en souvient : le magnanime Aquilon en rugissait à la fois d'inquiétude et de colère,
au milieu de ses frimats ; à ce souffle glacé le
frisson vous saisit. C'est la fièvre, vous cria-t-il ;
ce n'était que la peur. Il ne vous fallut pas moins
appeler courageusement au secours des principes
sanitaires ces rapides Autans qui jamais ne man-
quèrent au vol de la victoire. Ils s'élancèrent,
croyant avoir au moins des nuages à combattre.
Au même instant, le vent Ouvrier, captif aujour-
d'hui pour avoir, dit-on, aspiré plus fort qu'il
n'a soufflé, comme si vous-même ne lui aviez pas
mesuré l'haleine, le vent Ouvrier accourut vous
vendre les outres que vous aviez fait remplir.
Bientôt l'on vit tomber cette pluie d'or destinée
à abattre les vents les plus menaçants : son effet
fut prompt, tous se turent, un seul excepté qui
s'enfuit avec la liberté.

Le doux zéphyre pouvait encore reparaître
dans ces régions désolées ; déjà un souffle modé-
rateur avait fait sentir sa bienfaisante influence ;
mais il vous suffisait d'avoir montré votre pouvoir, et l'Aquilon, vainqueur sans avoir com-
battu, souriait à vos exploits, dont vous lui lais-
siez généreusement le fruit. Que pouviez-vous
désirer de plus ? A votre voix les Autans s'arrê-
rent au sein de leur paisible triomphe, condamnés
désormais à assister en silence aux bourasques

des vents Volontaires, aux ouragans Apostoliques et aux tourmentes de l'Absolu.

Voilà l'œuvre de votre sagesse ; c'est ainsi que, quelques soins qui vous assiégent, vous saurez maîtriser tous les obstacles. N'est-ce pas vous de qui l'haleine motrice a fait manœuvrer tous ces tourniquets devenus autant de roues de fortune où le savoir-faire trichait le sort lui-même ? Vous qui, dans un tourbillon électoral, avez dispersé les apprêts de tant de couronnes civiques, pour faire surgir tout ce qui n'était que plume, paille ou poussière ? Vous qui, d'un souffle protecteur, vous complaisez à faire flotter les trois queues d'un pacha entre la bannière menaçante d'Ignace et l'oriflamme rajeunie de la Sorbonne ?

Comment douter de votre puissance, quand, doucement appuyé, d'un côté sur le vent Fainéant, de l'autre sur le vent Indifférent, le vent Montagnard debout derrière vous pour souffler de plus haut sur les mers, votre main tient en laisse, par mesure de haute administration, le vent des Tonnerres qui dort ou se promène, le vent Missionnaire prêt à rompre le dernier fil qui le retient encore, et le vent Syrien qui, frère par alliance de celui d'Égypte, un bandeau sur les yeux et les doigts dans ses oreilles, reste étranger à vos affaires : lorsque enfin, portant vos yeux dans le vide, vous pouvez y contempler, coiffés d'un casque commun, qui, sur leur noble front du moins est sans danger pour les lumières, le vent Étiquette et son fils le vent Moral, faisant du génie en famille, de la vertu en spéculation et de l'amortissement en commandite.

Oui, vous êtes toujours ce grand, ce glorieux, ce puissant Éole qui, seul tranquille au milieu des orages qu'il prépare, suit d'un œil complaisant le vent Haïtien dans son vol d'emprunt, en songeant aux moyens de ménager encore à ses chers aérostats, sans se brouiller avec les vents d'ultra-Gothie, le souffle indépendant des jeunes vents du sud ; cet Éole, en un mot, sur la foi duquel notre navire, toutes voiles carguées, attend dans un calme plat, au milieu des écueils, ce ciel pur, ces vents propices tant de fois promis, impatient de voguer enfin aux glorieuses destinées qui l'appellent.

Puisse ma faible voix parvenir à votre oreille distraite par les sons plaintifs que rendent autour de votre palais les cordes dorées des harpes éoliennes ; et daignez agréer, pour vous distraire un moment de tant de hautes pensées, l'humble hommage de

Votre tremblant adorateur.

Préface.

Préface.

La faveur du public ne m'a pas encore élevé
au rang de ces privilégiés de la littérature, qui,
livrant dédaigneusement aux sollicitations d'un
éditeur empressé leurs productions prédestinées,
commandent à quelques sous-manœuvres une
préface où l'on signifie hautement au public
qu'il doit s'estimer très-heureux que l'auteur ait
bien voulu descendre un instant jusqu'à lui des
hauteurs de son génie. Ce noble orgueil me con-
viendrait mal ; j'écris mes préfaces moi-même, et
c'est, j'en conviens sans rougir, pour implorer
humblement l'indulgence du lecteur.

Que d'autres, produisant, à peine assemblés,
les lambeaux de leurs conceptions aventureuses,
comparent les formes indécises qu'ils laissent à

leur pensée, aux visions fugitives d'un songe vaporeux, et que, comme ce fameux procureur-
général qui voyait un crime énorme dans des
vers indiqués seulement par des points, leurs
admirateurs passionnés trouvent dans ces espaces
abandonnés aux fantaisies du typographe, les
beautés poétiques les plus incontestables ; pour
moi, je n'ai pas compté jusque-là sur la facilité
du public, et, classique obstiné, j'ai suivi le pré-
cepte du législateur de notre vieux Parnasse :

> Cent fois sur le métier remettez votre ouvrage ;
> Polissez-le sans cesse et le repolissez.

Ne croyez donc pas, cher lecteur, que ces
Éoliennes soient les filles d'une matinée, comme
nous disons aujourd'hui, ou le badinage d'une
après-dînée, comme on eût dit autrefois. C'est
le fruit laborieux de quinze ans de méditations
poétiques, s'il en fut jamais. On ne vous en donne
pas tous les jours autant, daignez y songer. Maintes
tragédies que vous avez applaudies, maints longs
poèmes que vous admirez sur parole, faute d'a-
voir pu les lire, n'ont pas autant coûté à leurs
auteurs.

Voici l'histoire du livre que vous avez sous les yeux.

Il y a bien quinze années que l'idée-mère de ces Éoliennes me fut donnée par un spirituel écrivain, qui n'est pas de l'académie, mais qui peut-être y parviendra avec un nom littéraire, si Dieu le préserve des noms historiques.

Un ami, qui depuis a manié avec distinction la plume et l'épée, s'unit alors à moi pour exploiter cette mine féconde. L'ouvrage avait déjà pris une certaine forme, et, grace aux conseils de l'amitié, mérité d'illustres suffrages, lorsque les événements me séparèrent de mon collaborateur. Resté seul désormais pour mettre la dernière main à cette œuvre encore imparfaite, j'ai attendu du temps et des circonstances ces émotions auxquelles s'échauffe l'imagination du poète. 1822 — 1825, années de grace, époque poétique, je dois faire hommage au ministère V..... et compagnie de vos heureuses inspirations!

Ce long enfantement une fois terminé, devais-je étrangler dans le cercle étroit de mes relations de société la gloire d'une création que mes amis s'accordaient à traiter de chef-d'œuvre?

Il est des choses qu'on ne peut retenir. C'est une vérité que j'ai recueillie de l'étude profonde du sujet de ces vers. Quelqu'effort qu'on fasse pour les comprimer, on les sent échapper malgré soi. Qui ne connaît les dangers de ce fatal laisser-aller? Encore s'il existait une compagnie d'assurance qui pût répondre des suites. Pauvre vicomte Sosthènes! il y sacrifierait au-delà de quinze cents francs !

Or, comme parmi ces choses dont on n'est pas le maître, sont d'abord les ouvrages en portefeuille, et que, pour le poëte, la presse a une puissance d'attraction vraiment irrésistible, je n'attendais qu'une petite violence morale pour laisser échapper mon manuscrit, lorsque j'appris que des copies fautives des Éoliennes avaient circulé, que plus d'un Fringale osait s'en attribuer publiquement la gloire. Je conçus même la possibilité d'une édition subreptice, et c'était plus qu'il n'en fallait.

J'obéissais donc à ma destinée, lorsque, cherchant un imprimeur, je trouvai qu'aucun libraire ne se chargerait de mon manuscrit si je n'en faisais les frais d'impression ; les vers ne se vendent pas, me disaient-ils tous.... les corsaires !

Les vers ne se vendent pas, et leurs boutiques ne sont tapissées que des productions poétiques de MM. L. M. G. C. D. V. S. H., de toutes les couleurs, de tous les formats, à tout prix, et le tout orné de frontispices gothiques, de culs de lampes, de vignettes, de lettres onciales avec des blancs, des points, des marges.... Quelles marges, bon Dieu !.... Les libraires ont bien raison, les vers ne se vendent pas, c'est le papier.

Et moi aussi, me suis-je dit, je vendrai du papier ; mais comme je communiquais mon manuscrit à un érudit de mes amis, Votre livre n'aura qu'un demi-succès, me dit-il, quand vous y feriez figurer des lettres d'un demi-pied sur une rame de vélin, si vous n'usez d'un procédé auquel plusieurs écrivains doivent leur renommée.

Autrefois on se contentait de l'épigraphe qui décorait le frontispice d'un livre, afin d'en annoncer le but. Aujourd'hui cet usage s'est singulièrement perfectionné : les épigraphes jouent un très-grand rôle dans les productions modernes : une seule ne suffit plus. On en met deux, on en met trois, on en met à chaque page, en tête d'une épître, d'une élégie, d'une méditation, d'un madrigal ou d'un quatrain ; on en mettra bientôt à chaque vers. Parfois même il semble que tant de rapsodies ne doivent le jour qu'au besoin d'exploiter une épigraphe à effet ; si bien que ces messieurs seront à court d'esprit, quand ils auront épuisé leur provision de légendes. C'est donc par le temps qui court un accessoire obligé, indispensable pour tout écrivain qui veut obtenir la vogue, et je serais au désespoir de vous le voir négliger.

Voulez-vous donc, répondis-je, qu'après avoir mis quinze années à rendre digne des regards du public un ouvrage sur lequel nous sommes trois à réclamer notre part de gloire, ce qui réduit singulièrement les droits d'auteur, je passe encore quinze années à dépecer les anciens et les modernes, en chiffonnier littéraire, pour arriver à me barioler de morceaux de toute étoffe et de toutes couleurs, arrachés aux morts et aux vivants.

C'est pourtant, reprit mon ami l'érudit, une branche de commerce bien profitable dans ce siècle spéculateur, que ce chiffon dont vous faites fi. Songez-vous que, s'il fallait arracher à tel savant les lambeaux de tout échantillon dont se compose son habit d'académicien, sa gloire courrait grand risque de marcher toute nue?

Au reste, que cela ne vous embarrasse pas, continua-t-il; nous avons à Paris une société anonyme qui se charge à des prix modérés des entreprises d'érudition en tous genres. C'est là que s'adressent journellement nos Saumaises de boudoir, nos Meursius de gazettes, pour tout ce qui concerne la partie scientifique de leurs chefs-d'œuvre. C'est là qu'on se fournit de citations dans quelque langue que ce soit, de recherches historiques et littéraires sur tous les sujets, de dissertations toutes faites sur l'archéologie, la numismatique, l'histoire naturelle, la chimie, la botanique, voire même la théologie, qui, pour le moment, donne beaucoup; mais l'article particulièrement recherché, parce qu'il en faut pour tous les genres, c'est l'épigraphe.

Je ne vous adresserai point à la compagnie, dont je suis un des actionnaires; je m'intéresse à vous, et je veux être votre fournisseur. Sous huit jours je vous promets une macédoine d'auteurs anciens et nouveaux, nationaux et étrangers, un magasin d'érudition par ordre alphabétique. Grace à moi, vous pourrez faire les choses en grand.

Mon vieil ami fut exact: au jour annoncé je le vis arriver avec un volumineux manuscrit, sur lequel figuraient force caractères chaldéens, hébraïques, chinois, arabes, grecs, enfin jusqu'à du hanscrit et des hiéroglyphes; si je l'en avais cru, ce petit livre en aurait été tout hérissé. Effrayé de l'énormité du service, je le refusais, mais c'était en vain, et je n'échappais pas à tant d'érudition, si je ne lui avais fait entendre qu'à moins de me ruiner en fonte de caractères, il me serait impossible de me faire imprimer ailleurs qu'à l'imprimerie royale, ce dont il reconnut la difficulté. C'était beaucoup d'être sauvé du chinois et de l'hébreu, aussi me fallait-il subir le grec par transaction. Car j'eus beau lui protester que je ne l'avais jamais appris que fort mal, que c'était tout au plus si je savais le lire couramment, il m'assura d'un air si sérieux que nos plus forts hellénistes n'en savaient guère plus, et que leurs versions nouvelles des auteurs grecs n'étaient que des sous-traductions des traducteurs latins, qu'il fallut bien en passer par là. Quant au latin et aux langues vivantes, il n'y avait pas le mot à dire puisque le sort du livre en dépendait.

Je me saisis donc du précieux manuscrit, et j'eus bientôt fait un choix parmi tant de richesses, grace à l'ordre méthodique qui avait présidé à leur arrangement.

Une fois mes épigraphes enfilées, je fus repris d'un petit mouvement d'hésitation : imprimerai-je, me disais-je, affronterai-je la publicité avec un pareil bagage? et la peur me prenait. J'allai trouver mon ami l'érudit, je lui fis part de mes craintes : il en rit. Voyez pourtant, lui dis-je, à quels quolibets n'a pas été en butte l'honnête M. de Marcellus, pour avoir chanté ce légume à renommée antique dont il a couronné le 12 mars, et dont l'amour paraît avoir passé dans toute sa force des Égyptiens de Peluse, *qui crepitus pro nu-minibus habebant*[1], chez les habitants des bords de la Gironde. Rappelez-vous l'exemple de cet illustre comte, et les mille coups d'épingles prodigués à sa grandeur, à l'apparition de ses petits vers sur l'indifférence : comme si le modèle des chanceliers, Michel de l'Hospital, n'avait pas cultivé les muses. Pasquier désirait que tous les gardes-des-sceaux *moulassent leur vie sur la sienne*, et son excellence était bien libre de commencer par la poésie. Marchez donc sur les traces des grands hommes.....

Mon sage ami m'interrompant : Oh ! vous n'êtes encore ni pair de France ni ministre : c'est à de telles notabilités que s'attaquent ceux qu'un monde superbe appelle les roquets de la littérature : des seigneuries semblent des victimes dévouées au ridicule ; on les siffle pour avoir fait une

---

[1] Saint Clément pape. *Recognit.*, lib. V. Lucien, *in Jove tragœdo*, chap. xlii. Sextus, lib. III, chap. xxiv. Aulugelle, *Noct.*, att. xxviii. Schmidt, *de cepis et alliis.*

ode potagère ou des stances érotiques, comme il est arrivé aux personnages que vous venez de nommer. On les siffle pour n'avoir rien fait, comme il est arrivé au grand duc *Mathieu*, dit de Montmorency : vous le savez,

> La Renommée a toujours deux trompettes,
> L'une à sa bouche adaptée à propos,
> L'autre . . . . [1].

Mais votre bourgeoisie n'a rien à craindre de semblable.

Voulez-vous connaître le sort réservé à vos Éoliennes ?

Les gens qui aiment à rire et qui n'attachent pas à une plaisanterie plus d'importance qu'elle n'en mérite, s'en amuseront pendant une heure ou deux. Quelques beautés méticuleuses, quelques Céladons à principes, force douairières à vertugadins, faisant chorus avec les ex-papillons de l'œil-de-bœuf, crieront au scandale, à l'infamie révolutionnaire, au sans-culotte surtout ; maints raisonneurs à l'entreprise crieront à l'abus d'esprit, certains d'être à l'abri d'un semblable re-

[1] La Pucelle, ch. vi.

proche. La tourbe des tartuffes, moraux, politiques, jésuitiques, congréganistes et sorboniqueurs vociférera quelques grosses injures, traitera l'auteur de libéral, la presse d'incendiaire, et dénoncera l'ouvrage à l'orthodoxe M. B..., comme licencieux, anarchique, contenant des propositions mal sonnantes, voire même sentant l'hérésie. Enfin il ne faut pas espérer que le terrible Odry et ses sectateurs consentent à vous laisser doucement en paix. Ils diront que vous vous mettez en mauvaise odeur dans le monde : peut-être même trouveront-ils le secret de mêler à tout cela du trois pour cent; car on ne sait plus qu'en faire, et les trente-deux Romains de la finance, fatigués d'applaudir les mains dans leurs poches, en sont aussi embarrassés que l'auteur. Mais ils penseront, j'en suis sûr, que, plein de votre sujet comme vous paraissez l'être, vous ne pouvez manquer d'aller loin pour peu que vous ayez toujours le vent en poupe.

Enfin, repris-je à mon tour, braveriez-vous pour votre compte l'orage auquel vous me conseillez de m'exposer? —Oui, par Hercule! et pour

vous en donner une preuve irrécusable, non-
seulement je consens que vous instruisiez le public de la part que vous m'avez laissé prendre à
votre ouvrage, mais encore je m'engage à com-
poser pour votre seconde édition un discours pré-
liminaire dans lequel je me fais fort de démontrer
que le sujet que vous avez traité dans un genre
neuf remonte au berceau du monde, que peut-
être, pour me servir de l'expression du voyageur
gaulois qui n'a rapporté de deux voyages à Lille
en Flandre que le nom de Tristan [1], « peut-être il
« y aurait de l'exagération à dire que c'est la plus
« ancienne des langues; que, selon toute appa-
« rence, ce fut celle qu'on parlait dans le paradis
« terrestre, et que Japhet l'apprit à ses races po-
« puleuses; mais qu'il est permis de croire, d'après
« son énergique brièveté, que son origine re-
« monte aux premiers siècles [2]. » J'y prouverai
que celui dont vous entonnez les louanges a été

---

[1] « Ceux qui portaient le nom de *Tristan* l'avaient reçu... à cause
de quelque malheur, et ce nom signifiait *Triste* ». Marchangy, *glos-
saire de Tristan le voyageur*.

[2] *Tristan le voyageur*, chap. XIX.

en honneur en Égypte , en Grèce , à Rome , en France même ; que les plus beaux génies de l'antiquité , Homère, Euripide, Aristophane , l'ont chanté tour-à-tour ; qu'Horace, Pétrone, Catulle, Martial , Apulée ont marché sur leurs traces et ont été maintefois imités par les modernes ; que Cicéron et le sage Caton lui-même n'ont pas dédaigné de lui accorder leur attention ou leur bienveillance ; qu'il a fourni des réflexions , des exemples , des dissertations , des discours entiers à des philosophes, à des commentateurs , à des savants , à de graves docteurs, à des dignitaires ecclésiastiques , à des saints même. En un mot, la dissertation que je vous promets, enrichie de notes curieuses, de textes originaux, ne sera rien de moins qu'une espèce de Génie du Crépitisme.

Je vous prends au mot, m'écriai-je , une première édition ne mérite pas d'être rehaussée d'un semblable morceau; mais vous savez par quel innocent artifice un auteur peut voir bientôt rayonner sur le frontispice de son livre XIII ou XIVe

édition ; rassemblez vos matériaux, et avant deux
mois vous aurez enrichi le monde savant, comme
moi la littérature. . . . .

. . . .

. . . Et je courus chez mon imprimeur.

Trois Éoliennes.

O voi ch' avete gl' intelletti sani,
Mirate la dottrina che s' asconde
Sotto 'l velame degli versi strani.

Non cuicumque datum est habere nasum,
MARTIAL.

Première Éolienne.

Quo me rapis tui
Plenum ?

HORAT., *lib.* III. *od.* 25.

Loin du vieil Hélicon ma Muse étend ses ailes,
Il est temps de puiser dans des sources nouvelles ;
Il est temps de marcher couronné de festons
Dont nuls chantres encor n'ont ombragé leurs fronts.

DELILLE, *Imagination*, chant VIII.

Première Éolienne.

Publica vicinæ perstrepat ara viæ.
PROPERT, lib. III, El. x.

Nam magis irritant animos demissa per aures.
HORAT., *Ars Poet.*

J'écoutais dans les brises du soir leurs accents généreux et leurs
devises de guerre.
MARCHANGY , *Tristan le voyageur,* chap. XVI.

CHŒUR.

Petons avec fracas;

Jamais de vesse

Traîtresse.

Petons avec fracas ,

La gaîté veut des éclats.

Stance Première.

Naturæ sequitur semina quisque suæ.
PROPERT., lib. III, El. ix.

Navita de ventis, de tauris narrat arator,
Enumerat miles vulnera, pastor oves.
ID., lib. II, El. i.

Ex diversitate morum crebra bella.
TACIT. Hist., V.

Vive la petomanie !
Tous les peteurs sont gens francs :
Vouons à l'ignominie
La Vesse et ses adhérents.

Stance Seconde.

> Risum res movet ista.
> MARTIAL.

> . . . . . A ce nom seul se rassemblent les ris,
> Les fronts sont déridés, les cœurs épanouis.
> DELILLE, *Imagination.*

Mon ventre est plein comme d'un vin doux qui manque d'air et qui fait éclater les bouteilles.

> JOB, ch. XXXII, v. 19.

> Lorsque le champagne
> Fait en s'échappant
> Pan, pan.
> *Chanson connue.*

Χ'ὥταν χέζω κομιδῆ, ϐροντᾷ παπαπαππάξ.

Et quand mon ventre se soulage, c'est comme un tonnerre, papapappax.

> ARISTOPHANE, *les Nuées.*

Partout le rire accompagne

Du pet les airs sans façon ;

Il part, tel que le Champagne,

Qui, joyeux, chasse un bouchon.

Stance Troisième.

Nec metuunt sonitus armorum , nec fera tela
Audacterque inter reges rerumque potentes
Versantur , neque fulgorem reveruntur ab auro,
Nec clarum vestis splendorem purpureaï.
Lucret., lib. I.

Et la garde qui veille aux barrières du Louvre
N'en défend pas nos rois.
Malherbe, Odes.

Vicio es de hombre, no de principe.
Comte de Penaranda.

Βροντὴ καὶ πορδὴ ὁμοιώ.

Le tonnerre n'est autre chose qu'un pet.
Aristophane, *les Nuées.*

. . . . πέπλον
Κρουῶ, Διὸς βροταῖσιν εἰς ἔριν κτυπῶν.

Je relève mes vêtements , et le dispute aux tonnerres de Jupiter.
Euripide, *le Cyclope.*

Les rois pètent sur le trône ,

Les bergers sur le gazon ;

Et quand là-haut Jupin tonne,

C'est qu'il pète en faux-bourdon.

Stance Quatrième.

> Tonitru fieri dicebat Pythagoras minarum
> Gratià, iis qui sunt in Tartareo ut timeant.
> ARISTOT. *in Post.*, lib. II, C. II.

> Felix qui potuit rerum cognoscere causas.
> VIRGIL., *Georgicon*, L. II.

Ses petades vengeresses

Font trembler les scélérats;

S'il ne faisait que des vesses

Les méchants n'entendraient pas.

Stance Cinquième.

Per ambages et fabularum tormenta, precipitandus est liber spiritus.

PÉTRON.

Il porta le filoutage dans le ministère, ce qui n'est arrivé qu'à lui, et le filoutage faisait que le ministère même heureux et absolu ne lui séiait pas bien, et que le mépris s'y glissa.

Mémoires du cardinal de Retz.

Délivrons-nous de l'homme juste, parce qu'il ne saurait nous servir, qu'il contrarie nos opérations, qu'il nous blâme de violer la loi, et qu'il livre nos fautes au mépris public.

La Sagesse, chap. II, v. 19.

Ils ont les mains remplies d'iniquité, et leur droite est pleine de présents corrupteurs.

Psaume XXV, v. 10.

Ceux qui sont assis sur les tribunaux parlent contre moi, et les buveurs m'ont pris pour sujet de leurs chansons.

Psaume LXVIII, v. 13.

Écartez le méchant d'auprès du roi, et son trône sera appuyé sur l'équité.

Prov., c. XXV, v. 5.

Fier et libre, de la presse

Le pet veut la liberté ;

Comme un ministre, la vesse

Veut fuir la publicité.

Stance Sixième.

Perfida , nec meritò nobis inimica merenti,
Perfida , sed, quamvis perfida , cara tamen.
TIBULL. , lib. III, El. VI.

An honest man the noblest work of god.
POPE , *Essai sur l'homme.*

Quand la vesse scélérate

Dans l'ombre se glisse... eh bien !

Au grand jour le pet éclate ;

L'honnête homme ne craint rien.

Stance Septième.

Non tuba directi, non æris cornua flexi.

Ovid., *Metam.*, lib. I.

Claudas était.... moult bon chevalier et saige, mais traître à
merveille.

Roman de Lancelot.

Quel désespoir pour eux quand ta voix qui les chasse
Appelle l'étranger pour s'asseoir à leur place.

RACINE fils, *la Grace*, chant IV.

Le pet dit : Sonnez, trompettes ;

Il vole au bruit du clairon.

La vesse en notes secrètes

Prélude à la trahison.

Stance Huitième.

Ah ! malè virgineas claudit inepta nates.
. . . .
Audieris, lyricum dixeris esse sonum.
          F. DEDEKIND , *De simpl. Morum.*

Mild as when Zephyrus on Flora Breathes
          MILTON, *Paradise lost*, book V.

Illa, velut crimen . . . .
Pulchra verecundo suffunditur ora rubore.
                    OVID. , *Met.*, lib. 1.

Le pet au front d'une belle
Verse une aimable rougeur ;
C'est Zéphyr qui d'un coup d'aile
Double l'éclat d'une fleur.

Stance Neuvième.

Look on this spot—a Nation 's sepulchre!
Abode of gods, whose shrines no longer burn.
Even gods must yield—Religions take their turn,
'Twas Jove 's—'tis Mahomet 's—and others creeds
Will rise with other years, till man shall learn
Vainly he incense soars.

> Lord BYRON, *Childe Harold*, chant. II. st. III.

. . . . L'homme est vieux ;
Le monde en grandissant a détrôné ses dieux.

> LAMARTINE, *dernier chant de Childe Harold.*

Buscas en Roma a Roma, o peregrino
Y en Roma misma a Roma no la hallas.
Cadaver son, las que ostento murallas
Y tumba de si propio Aventino.

> FRANC. DE GUEVEDO.

Le pet aussi fut par l'homme
Mis au rang des immortels ;
A-t-on oublié qu'à Rome
Le dieu Pet eut des autels ?

CHŒUR.

Valet iste loquendo.
Ovid., *Met.*, L. XIII.

Quel est ce bruit sourd et prolongé qui vient d'ébranler les voûtes de ce palais?
M. Jaubert, *Mercuriale*, 1825.

Pletons avec fracas;

Jamais de vesse

Traîtresse;

Petons avec fracas,

La gaîté veut des éclats.

Deuxième Éolienne.

Nunc aliam cytharam me mea Musa docet.
PROPERT., lib. II., El. x.

Comme un son qui n'est plus elle va s'exhaler.
LAMARTINE, *Médit.*

Deuxième Éolienne.

—

Un vent caresse ma lyre
Comme l'aile d'un oiseau.
LAMARTINE, *Nouv. Médit.*

Ἔλθοιτ' εὐμενέυσαι σπιπέιυσαι ἀμεμφεις,
Ηείριαι, ἀφανεκουφύπ7ροι, ἀερομορφοὶ.

Venez, êtres bienfaisants, aux soupirs exempts de crime, au vol aérien, mystérieux et fugitif, aux formes éthérées.

ORPHÉE.

Κὸσμος δὲ σιγῆς ϛέφανος ἀνδρὸς οὐ κακῦ.

Un silence honorable est la couronne du sage.

SOPHOCLE.

CHŒUR.

Vessons, vessons tout bas;
Qu'en tous lieux sans cesse
On vesse;
Vessons, vessons tout bas;
Le sage fuit le fracas.

4

Stance Première.

Remissum aliquid et mitigatum quia expedierit.
　　　　　TACIT. , *Annal.* , III.

Doux comme le regard d'une ombre.
　　　　　LAMARTINE , *Médit. poét.*

Διαβολαὶ δ'εῖνον ἀγδευποις κακόν
　　　　　MÉNANDRE.

. . . . Non debes inimicæ credere linguæ,
Semper formosis fabula pœna fuit.
　　　　　PROPERT. , lib. II, El. XXXIV.

Gloire à la Vessomanie !

Que la vesse a de douceur!!!

En vain on la calomnie ;

Sans elle point de bonheur.

Stance Seconde.

Quod genus è thuris glebis evellere odorem
Haud facilè est quin intereat natura quoque ejus.
Lucret., lib. III.

Leur vie n'est pas un souffle inodore exhalé dans l'espace.
Marchangy, *Tristan*, chap. xxxii.

La vesse en qualité gagne
Tout ce qu'en bruit perd le pet :
Du Chambertin le Champagne
N'aura jamais le bouquet.

Stance Troisième.

Οςις δ' ἀνάγκη συγκεχώρηκεν καλῶς,
Σόφος παρ' ἡμῖν, καὶ τὰ θεῖ' ἐπιςάται.

Celui qui cède généreusement à la nécessité est pour nous un sage; et il connaît les choses divines.   EURIPIDE.

Morem accommodari prout conducat.
TACIT., *Ann.*, XII.

Devant les grands, les puissances,

Le pet ose s'écrier :

Mais, plus souple, aux circonstances

La vesse sait se plier.

Stance Quatrième.

Se ipsi fatentur fanatici.

. . . . Fero,
Impatiente, torbido, adirato
Sempre, a me stesso incresco ognora e altrui;
Bramo in pace far guerra.....
        ALFIERI, *Saül*, atto II.

L'équité populaire, aujourd'hui sœur des loix.
        H. DELATOUCHE.

Voyez le pet fanatique,

Semer la division,

Quand la vesse politique,

Ménage l'opinion.

Stance Cinquième.

... Inquies et ultrà fortem temerarius.
VELLEIUS PATERCULUS.

Sospiros di, mas nunca fuy oydo.
MONTEMAYOR.

Pauper ad occultos furitm deducet amicos.
TIBULL., lib. I, El. VI.

Elle soupire, mais ses soupirs s'exhalent en paix comme les va-
peurs du matin.
YOUNG, *Jeanne Gray*.

Dans son inquiet délire

Le pet se croit tout permis,

Mais la vesse ne soupire

Que pour un cercle d'amis.

Stance Sixième.

> Naturalem nobilitatis superbiam.
> V. Paterculus, hist. II.

> Non ego nobilium scriptorum auditor et ultor.
> Horat., lib. I, Ep. xix.

> Tous les esprits ne sont point appelés à comprendre cette poésie mystérieuse de l'ame dont l'exaltation est l'essence, dont l'immensité est la carrière, et dont l'éternel est le secret.
> Vicomte d'Arlincourt, *Ipsiboë.*

> Nuper hæc ventosa isthæc et enormis loquacitas..... Veluti pestilenti quodam sidere adflavit.
> Petron.

> Ah! sa grace se sent et ne s'explique pas;
> Rien n'est si vaporeux que ses teintes légères.
> Delille, *Imagination.*

En vain au laurier classique
Vise le pet orgueilleux;
La vesse a du romantique
Tout le charme vaporeux.

Stance Septième.

..... Nunquam nisi magna loquenti.
OVID., *Metam.* lib. XIII.

Acres impetus cunctatione languescunt aut in perfidiâ mutantur.
TACIT., *Annal.*, lib. XII.

Pour m'échapper j'use d'adresse.
BOURSAULT, *Mercure galant.*

Sunt quibus in plures jus est transire figuras.
OVID., *Met.*, lib. VII.

On voit dans le danger l'esprit industrieux ;
Et la nécessité le rend ingénieux.
DURYER, *Alcimédon.*

Le pet vante sa prouesse....

Que de fois, dans le danger,

Ne le vit-on pas en vesse

Trop heureux de se changer !

Stance Huitième.

Jactatio est voluptas gestiens et se efferens insolentiùs.
CICER., *Tuscul.*, lib. IV.

Pur emblême d'un cœur qui répand en secret
Sur le malheur timide un modeste bienfait.
BOISJOLIN, *les Paysages.*

Le pet, par trop de jactance,
Du bien qu'il fait perd le fruit ;
La vesse est la bienfaisance,
Elle soulage sans bruit.

Stance Neuvième.

Je rêvais de parfums, de femmes et de fleurs.
ULRIC GUTTINGER , *Méditation.*

. . Calix nostri simul atquefloris
Panditur blandâ resolutus aurâ,
Parva jucundos adaperta pixis
Fundit odores.
AB. COWLEY.

L'obscure violette , amante des gazons,
Semble vouloir cacher sous leurs voiles propices
D'un prodigue bienfait les discrètes délices.
BOISJOLIN.

La vesse simple et discrète

De sa pudeur s'embellit,

Et comme la violette,

Son parfum seul la trahit.

CHŒUR.

Elles ont des apparitions de faveur et des apparitions de colère ;
elles en ont d'amour et de haine.

MARCHANGY, *Tristan*, chap. XXVII.

Ament meminisse periti.

HORAT.

Vessons, vessons tout bas ;

Qu'en tous lieux sans cesse

On vesse,

Vessons, vessons tout bas,

Le sage fuit le fracas.

Troisième Éolienne.

Jam tempus lustrare aliis Helicona choreis.
PROPERT., lib. II, El. x.

. . . . . . De quels rivages
Viendra ce souffle inattendu?
Sera-ce un enfant des orages,
Un soupir à peine entendu?
LAMARTINE, *Nouv. Méd.*

J'a jurado
Que naô o empregue em quem o naô mereça
Nun por lisonja louve algum subido,
Sob pena de naô ser agradecido.
LUSIADA, C. VIII.

Troisième Éolienne.

Ille bonis faveat.
HORAT., *Ars Poet.*

Quam scit uterque libens, censebo exerceat artem.
HORAT., lib. I, Ep. XIV.

Juger n'est proprement que sentir.
HELVÉTIUS, *de l'Esprit*, chap. I.

CHŒUR.

Petons avec fracas,

Qu'avec ivresse

L'on vesse !!!

Petons avec fracas,

Et parfois vessons tout bas.

Stance Première.

Νίκη δ' ἀμφότροισιν, ἀέθλια δ' ἴσ' ἀνέλοντες
Ἐρχεοσ'.

Tous deux vainqueurs recevez des prix égaux.
ILIADE.

Tanto enlevas a leve phantasia,
Pozeste nome esforço e valentia.
LUSIADA, C. IV.

Je tombe en de douces langueurs.
SAPHO—BOILEAU.

Pourquoi diviser l'hommage

Que tous deux ont mérité?

Si le pet est le courage,

La vesse est la volupté.

5

Stance Seconde.

> Notandi sunt tibi mores.
> HORAT., *Ars Poet.*

> Le caractère des Lacédémoniens était grave, sérieux, sec..........
> MONTESQUIEU, *Esprit des Lois.*

> Συβαρίται και τας ποιούσας ψοφον τεχνας. . . . . ὅπως αὖτις παντάχοθεν ἀθόρυβοι ὦσιν οἱ ὕπνοι. οὐκέξιῶ δ' ἐδ' ἀλεκτρυόνα ἐν τῦ πολιι τρέφεθαι.

> Les Sybarites avaient banni de leur ville tous les métiers bruyants...... pour que rien ne vint troubler leur repos; ils avaient défendu les coqs par le même motif.
> ATHÉNÉE, chap. XII.

Que fièrement le pet parte !
Ah ! la vesse a bien son prix !
Et si l'on petait à Sparte,
L'on vessait à Sybaris.

Stance Troisième.

Gratiam rupit cecinitque bellum.
SENEC. *Thyest.*, act. III.

Her spech was the melodious voice of love.
LITTLETON.

Modicis remediis primos motus consedisse.
TACIT., Annal., XIV.

Maximum remedium iræ est dilatatio.
SENEC. *De Irá.*

Cupiditas insidiatrix est ut aiunt; Venerem enim cyprigenam insidias nectere, ait Homerus, balneumque tribuit ei, in quo doli essent.
ARISTOT., lib. VII, *Ethic.*, C. VI.

L'un est la voix de la guerre,

L'autre est l'accent du désir;

On pète dans la colère ;

On vesse dans le plaisir.

CHŒUR.

> . . . . . Choisis si tu l'oses.
> P. Corneille. *Héraclius.*

> Quam quisque nôrit artem in hâc se exerceat.
> Ciceron. — Aristophane.

Petons avec fracas,

Qu'avec ivresse

L'on vesse !!!

Petons avec fracas,

Et parfois vessons tout bas.

COURAGEUX ET DÉBONNAIRE,

QUI N'A PAS JETÉ LE LIVRE

Avant d'avoir tourné le dernier feuillet.

On ne
récitait pas
les vers d'Orphée,
d'Hésiode, d'Homère
et des autres poètes de
l'antiquité; on les chantait
en s'accompagnant de la lyre.
Pourquoi ne pas faire revivre un
usage aussi favorable à la poésie?
Ces Éoliennes se prêteraient merveil-
leusement au mode antique, surtout à ces
chants alternés dont nous trouvons des mo-
dèles dans les Églogues de Théocrite et de Vir-
gile, ou mieux encore dans le Poème séculaire
d'Horace. Il faudrait pour cela qu'une voix d'homme
répétât une strophe de la première Éolienne; qu'une
voix de femme lui répondît par une strophe de
la seconde; qu'un chœur d'hommes et un
chœur de femmes se fissent entendre tour-
à-tour; que la troisième Éolienne fût
chantée en duo, et que toutes les voix
réunies entonnassent le chœur fi-
nal. En attendant qu'un com-
positeur en vogue daigne
me prêter ses accords,
j'ai fait lithographier
pour les amateurs
de l'antiquité
un air an-
cien avec son
accompagnement,
et je l'ai joint au poème.

Chant Éolien

www.ingramcontent.com/pod-product-compliance
Lightning Source LLC
LaVergne TN
LVHW010944210726
843510LV00013B/123